El pronóstico del sistema solar

por Kelly Kizer Whitt

ilustrado por Laurie Allen Klein

¡Buenos días, exploradores del espacio! Soy su meteorólogo con el pronóstico de hoy del sistema solar: caluroso, frío, con viento, calmado, lluvioso, seco, nublado, despejado, y ¡de todo un poco!

Vamos a echarle un vistazo más de cerca a los detalles . . .

El Sol está activo hoy, con manchas solares de color negro diseminadas a través de la superficie como puntitos. Estos hoyos en la superficie del Sol son tormentas turbias. El gas sale de estos agujeros negros y vuela en el viento solar, haciendo peligrosas las exploraciones. No recomendamos viajar.

SALIDAS		
123	Mercurio	CANCELADA
526	Venus	CANCELADA
1538	Tierra	CANCELADA
7490	Marte	CANCELADA

erupción solar

mancha solar

recomendación de viaje

Noticias del Sistema Solar

Mercurio está tan cerca del Sol que casi toda su atmósfera ha desaparecido por el viento solar. Sin nada de aire, este planeta tiene unos cambios drásticos en la temperatura. Puede subir a 800° durante el día. Empaquen algo abrigador para la noche cuando las temperaturas bajen a -279°.

alta a
800° F
427° C

baja a
-279° F
-173° C

Noticias
del
Sistema
Solar

el pronóstico de hoy

Mercurio

El día de hoy . . . y todos los días, esperen nubes gruesas, amarillas de ácido sulfúrico en Venus. Estas nubes atrapan el calor del Sol con un constante efecto invernadero.

Venus

850°F

Caluroso-Caluroso

Noticias del Sistema Solar

La Tierra es el planeta Ricitos de Oro: ni muy caliente, ni muy frío, con su clima basado en nitrógeno y oxígeno ¡es perfecto! Es frío en los polos y caluroso en el ecuador. Hoy, los viajeros deben evitar el océano Atlántico del oeste donde un huracán está enfurecido. Por la tarde, las tormentas son posibles en algunas áreas.

Si hoy visitan Marte para ver uno de sus famosos atardeceres de color rosado, cuídense de los torbellinos de arena a través de la superficie rojiza.

Los cazadores de tormentas deberán dirigirse a Júpiter, donde seguramente atraparán una muy grande. La Gran Mancha Roja es una tormenta que ha estado vigente desde que Júpiter fue visto por primera vez a través de un telescopio, hace 400 años. ¡Está del tamaño de tres planetas Tierra! Échenle un ojo a las pequeñas tormentas que están cerca.

Noticias del Sistema Solar

Noticias de última hora

No dejen que la aparencia suave de Saturno los engañe. ¡Su clima puede ser electrificante! Recientemente, una tormenta de rayos cubrió un área tan grande como ¡los Estados Unidos! Los amantes de las nubes deberán tomar nota de la nube gigante sobre el Polo Norte que tiene seis lados como un hexágono.

Existen por lo menos 170 lunas en todo el sistema solar. Únicamente una tiene una atmósfera densa, con neblina—la luna más grande de Saturno, Titán. Como la Tierra, el gas principal en la atmósfera de Titán es el nitrógeno. Pero si la visitan, asegúrense de llevar una chaqueta y un paraguas. ¡Titán tiene hoy un 100% de probablilidades de una llovizna de metano!

¿Están buscando un clima tranquilo? Vayan a Urano. Un año en Urano dura tanto como 84 años de la Tierra. La mayor parte de su clima tormentoso ocurre durante los cambios de estación—alrededor de cada 21 años Tierra. La primavera llegó a Urano unos cuantos años atrás y ¡durará hasta el 2027!

Agarren fuerte sus sombreros si están visitando Neptuno. Con vientos hasta de 1,500 millas por hora, este es el planeta con más viento en el sistema solar. El gas metano en su atmósfera bajo cero le da a Neptuno su hermoso color azul.

Neptuno

con mucho viento

Noticias
del
Sistema
Solar

La atmósfera de Pluto es helada y cae al suelo como nieve. Los cielos despejados deberán regresar mientras Pluto se posiciona todavía más lejos del Sol en su órbita ovalada y la atmósfera se ha congelado completamente y se ha caído al suelo.

Este es el pronóstico del sistema solar por hoy, amigos viajeros. Disfruten del buen clima, manténganse alerta con esas tormentas, y ¡viajen con cuidado!

Centro del Pronós

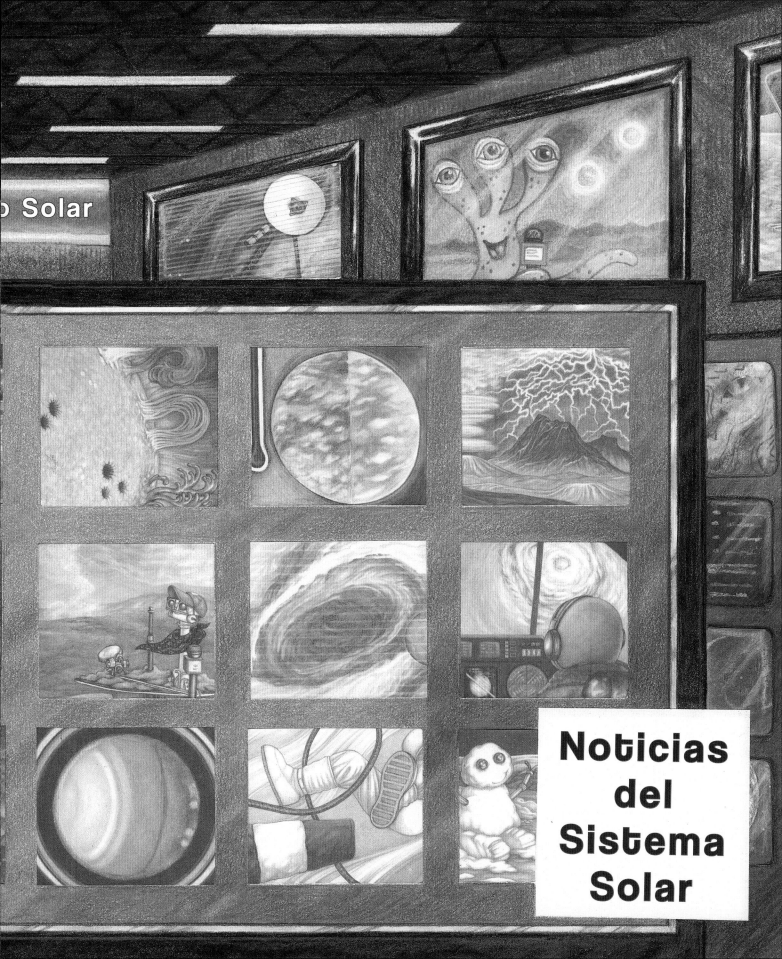

Para las mentes creativas

Compara y contrasta el Sistema Solar

Compara y contrasta los diferentes objetos del sistema solar mencionados en el libro.

Los científicos tuvieron diferentes interpretaciones de lo que era un planeta. En el 2006, un grupo de científicos de todo el mundo (la Unión Internacional de Astrónomos) definió un planeta como un objeto que gira en torno a una estrella, que tiene casi una forma redonda, sin otros objetos del mismo o menor tamaño en su órbita más que sus propias lunas (satélites).

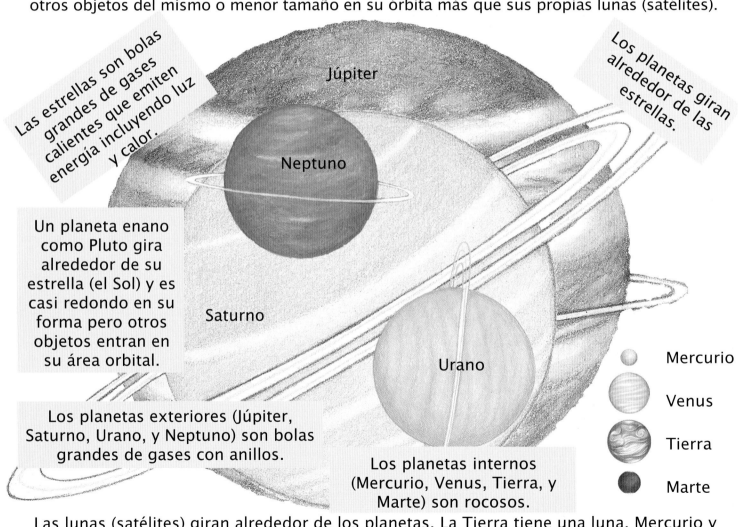

Las estrellas son bolas grandes de gases calientes que emiten energía incluyendo luz y calor.

Los planetas giran alrededor de las estrellas.

Júpiter

Neptuno

Un planeta enano como Pluto gira alrededor de su estrella (el Sol) y es casi redondo en su forma pero otros objetos entran en su área orbital.

Saturno

Urano

Mercurio

Venus

Tierra

Marte

Los planetas exteriores (Júpiter, Saturno, Urano, y Neptuno) son bolas grandes de gases con anillos.

Los planetas internos (Mercurio, Venus, Tierra, y Marte) son rocosos.

Las lunas (satélites) giran alrededor de los planetas. La Tierra tiene una luna. Mercurio y Venus no tienen ninguna y Marte tiene dos. Cada uno de los planetas exteriores tienen muchas lunas. Los científicos siguen descubriendo aún más. Algunas lunas tienen su propia atmósfera (la deTitán de Saturno) y además algunas tienen agua.

Las lunas no emiten luz. Ellas son como los espejos—rebotan (reflejan) la luz solar.

La atmósfera de un planeta es una capa de gases sostenidos en un lugar por la gravedad entre el planeta y el espacio. La Luna de Saturno, Titán, es la única Luna que sabemos que tiene una atmósfera gruesa. ¿Cuáles tienen una atmósfera igual o similar? Compara y contrasta las nubes. ¿Cuáles planetas o lunas tienen agua?

	Atmósfera	Nubes	Agua
Mercurio	nada	ninguna	nada
Venus	dióxido de carbono, nitrógeno	ácido sulfúrico	nada
Tierra	nitrógeno, oxígeno	vapor de agua	cubre ¾ partes
Marte	dióxido de carbono, nitrógeno, argón	vapor de agua	hielo en los polos
Júpiter	hidrógeno, helio	amoníaco	en algunas lunas
Saturno	hidrógeno, helio	amoníaco	en algunas lunas
Titán	nitrógeno, metano	metano	nada
Urano	hidrógeno, helio, metano	metano	nada
Neptuno	hidrógeno, helio, metano	metano	nada
Plutón	nitrógeno, monóxido de carbono, metano	nitrógeno	nada

Mercurio, Venus, Tierra, y Marte tienen volcanes; como también las lunas Ío, Encélado y Titán.

Algunos planetas son calientes y algunos son fríos.

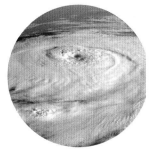

La velocidad del viento varía en los planetas.

	Temperaturas		Viento	
	grado Fahrenheit	grado Celsius	millas/hora	km/hora
Sol	alrededor 10,000	alrededor 5,500	1,000,000	1,609,000
Mercurio	-279 baja hasta 800 alta	-173 baja hasta 427 alta	ninguno	
Venus	864 promedio	462 promedio	ligero en la superficie	
Tierra	-126 baja hasta 136 alta	-88 baja hasta 58 alta	0 hasta >302 (tornado)	0 hasta >486 (tornado)
Marte	-125 baja hasta 23 alta	-87 lbaja hasta -5 alta	0 hasta 100	0 hasta 160
Júpiter	-234 promedio	-148 promedio	> 380	> 612
Saturno	-288 promedio	-178 promedio	1,000	1600
Urano	-357 promedio	-216 promedio	90 hasta 360	145 hasta 580
Neptuno	-353 promedio	-214 promedio	hasta 1500	hasta 2400
Plutón	-387 hasta -369	-233 hasta -223	se desconoce	se desconoce

El Sol: el calor y la luz

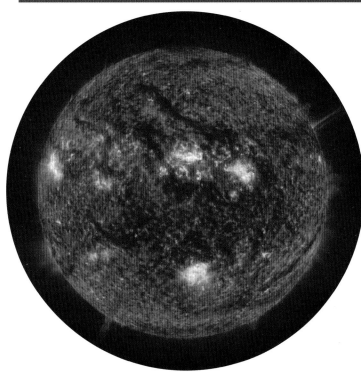

El Sol es la estrella en el centro de nuestro sistema solar.

El Sol tiene más de 4 billones de años. ¡Esas son muchísimas velitas de cumpleaños!

Es una estrella de tamaño mediano. La vemos muy grande comparada con otras estrellas porque es la estrella que se encuentra más cerca de nosotros.

La Tierra puede caber en el Sol cerca de ¡1 millón (1,000,000) de veces!

No debes ver al Sol directamente porque podrías quedarte ciego.

Es una bola grande de gas burbujeante y turbio—no podrías pararte sobre él.

Como los planetas, el Sol gira en su axis.

Únicamente la atmósfera exterior del Sol (corona) puede ser vista durante un eclipse total.

Crédito de la foto del Sol: NASA/European Space Agency

La parte central del Sol (el núcleo) es muy caliente y actúa como una "fábrica de energía" o un reactor nuclear. Genera el calor y la luz que los seres vivos necesitan para sobrevivir en la Tierra.

Si en alguna ocasión te has parado cerca de una fogata, tú sabes que el fuego genera también calor y luz. Piensa en qué tan caliente debe estar el Sol para mandar ese calor y esa luz todo el camino hasta la Tierra (¡y más!). ¿Piensas que los planetas más cercanos al Sol reciben más o menos calor y luz que los planetas que se encuentran más lejos del Sol? ¿Por qué?

Le toma menos de diez minutos a la luz solar y al calor para llegar a la Tierra—cerca de 93 millones (93,000,000) de millas (150 millones de kilómetros) de distancia.

Las manchas solares son áreas frías y obscuras en la superficie del Sol causadas por las tormentas magnéticas. ¡La Tierra podría caber en algunas manchas solares!

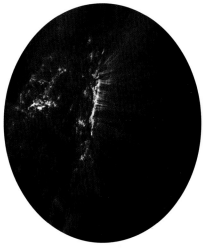

Crédito de la foto del mancha solar: Goddard Space Flight Center

Las erupciones solares son explosiones repentinas de una energía intensa que proviene de una mancha solar. Estas erupciones golpean la atmósfera de la Tierra y pueden causar apagones radio estáticos y de onda corta. La eyección de masa coronal son nubes que pesan un billón de toneladas de gas caliente (llamado plasma) que viaja a millones de millas por hora desde el Sol. Cuando pegan en la Tierra, pueden causar auroras y apagones de energía eléctrica.

Pénsandolo bien: Vida y necesidades básicas

Para poder sobrevivir, los seres vivos tienen necesidades básicas que deben ser satisfechas en el hábitat de su planeta. Aquí, en la Tierra, los animales necesitan comida, agua, oxígeno para respirar, y un lugar seguro como refugio y para dar a luz a sus crías. Las plantas necesitan luz solar y calor (temperatura), agua, tierra para crecer, y un modo para que las semillas se muevan (dispersión). Inclusive en la Tierra, las formas de vida son muy diferentes unas de otras. Un cactus sobrevive en climas secos y no podría sobrevivir en la selva tropical. Las plantas y los animales que viven en climas fríos (Ártico, Antártico, o en elevaciones altas) no sobrevivirán en los trópicos calurosos. Y también los animales absorben el oxígeno de una manera diferente. Como los mamíferos, los humanos respiran el oxígeno del aire a través de sus pulmones. Los peces absorben el oxígeno del agua utilizando sus agallas.

Los científicos están buscando las posibilidades de vida en nuestro sistema solar—ya sea en otros planetas o en sus lunas. No esperan encontrar vida que se parezca a los humanos. Muchos científicos piensan que es posible que la vida en otros planetas (llamada vida extra-terrestre) podría ser como los seres vivos en la Tierra que son tan pequeños para ser vistos sin un microscopio (llamados microbios). Mientras que muchos microbios, como la bacteria, se encuentran alrededor de nosotros,

existen algunos microbios que sobreviven en entornos extremos, aquí en la Tierra. Por ejemplo, los microbios viven debajo del hielo en la Antártica, en los géisers de Yellowstone, en las cuevas subterráneas obscuras, o inclusive en el fondo del océano. ¡Existen pocas bacterias que no necesitan oxígeno!

Algunos científicos están al pendiente de signos de vida que se asemejen a los de los humanos (inteligencia) en planetas en otros sistemas solares. Utilizando la radio y telescopios ópticos, estos científicos escuchan o esperan señales de radio o luz enviadas desde otras sistemas solares, con la esperanza de encontrar vida inteligente en planetas en esos sistemas solares. Los científicos también utilizan los telescopios para aprender más acerca de las estrellas y los planetas más allá de nuestro sistema solar.

Si tú tuvieras que viajar a otro planeta, ¿qué necesitarías para sobrevivir? Escoge un planeta para visitar y dibuja y/o describe lo que necesitarías llevar contigo. ¿Cómo obtendrías tu oxígeno? ¿Cómo te mantendrías caliente o fresco?	¿Cómo piensas TÚ que sería la vida en otro planeta? Escoge un planeta y dibuja y/o describe una planta o animal que pudiera vivir en ese planeta. Sin plantas para hacer el oxígeno para nosotros (utilizando la fotosíntesis), los animales no podrían tener suficiente oxígeno en la Tierra para respirar. ¿Cómo serían las plantas en tu planeta? ¿En dónde crecerían? ¿Qué gas podrían hacer a través de la fotosíntesis? ¿Cómo serían los animales? ¿Qué respirarían? ¿Qué comerían o beberían? ¿Cómo vivirían? ¿Cómo se desplazarían?

Con agradecimiento a Alice Sarkisian Wessen, Directora del Solar System/ Outer Planets & Technology Education and Public Outreach en JPL; al Dr. Sten Odenwald, Astrofísico en el Goddard Spaceflight Center y creador del SpaceMath en NASA; y el Dr. Stephen Edberg, Astrónomo en el JPL por verificar la veracidad de la información en este libro.
Solar System Forecast traducido por Rosalyna Toth.

Los datos de catalogación en información (CIP) están disponibles en la Biblioteca Nacional

portada dura en Español ISBN: 978-1-60718-678-6
portada dura en Inglés ISBN: 978-1-60718-523-9
portada suave en Inglés ISBN: 978-1-60718-532-1
eBook en Inglés ISBN: 978-1-60718-541-3
eBook en Español ISBN: 978-1-60718-550-5

También disponible en cambio de hoja y lectura automática, página en 3era. dimensión, y selección de textos en Inglés y Español y libros de audio eBooks
ISBN: 978-1-60718-560-4

Elaborado en China, junio, 2012

Este producto se ajusta al CPSIA 2008

Primera Impresión

Sylvan Dell Publishing
Mt. Pleasant, SC 29464